내 마음도
다리고 싶다

고경애 시집

시음사
시사랑음악사랑

자연과 삶을 관조 "觀照"하는 고경애 시인

고경애 시인은 힘 있는 시를 지으면서 왕성한 활동으로 동료 문인들까지도 놀랄만한 작품을 발표하는 시인이다. 무심코 지나쳤던 현실의 문제들 인간이 살아가면서 겪어야만 하는 상황에 대해 조금 더 관심을 가지고 바라볼 수 있게 해주면서도, 사전에서 볼 수 있는 문학의 이해를 볼 수 있다. 정서나 사상에 상징의 힘을 빌려 언어 문자로써 표현한 예술적 작품이라는 생각을 하게 된다. 다른 사람이 인식할 수 없는 언어에서 새로운 요소를 발견하고 그것을 자아와 텍스트로서 생명을 불어넣는다.

고경애 시인이 즐겨 쓰는 화두는 인간과 삶을 기본 바탕으로 잘 짜인 실크처럼 흐름이 부드럽고, 정감이 간다. 그러면서도 30대 시인이 쓴 것처럼 강렬함을 주면서, 종이에 박힌 글씨가 아닌 작가의 혼을 함께 나눈 심안의 소리를 들려준다. 세상의 이치와 만물의 형성을 더욱 깊고 짜임새 있게 펼쳐내는 명작들이 탄생시키고 있는 시인이다.

이제 고경애 시인만의 어휘력과 시어들로 고뇌와 사색"思索"의 힘을 적절히 섞어놓은 작품을 골라 첫 시집을 엮어냈다. 그리고 시인은 이 책을 읽는 독자들에게 말하고 있다. 세상의 모든 인연은 무척이나 소중히 하고, 아름답지만 그로 인해 상처도 받고, 또 그 속에 행복도 있다고 말하고 있다. 때로는 깊은 사유"思惟"를 가지고 세상을 깨닫게 하는 철학적인 의미도 담고 있는 작품, 그러면서도 누구나 공감할 수 있는 소재들로 편안하면서도 고개를 끄덕이는 감상적 "感傷的"이 될 수 있는 작품집 "내 마음도 다리고 싶다."를 추천하게 되어 기쁜 마음이다.

사단법인 창작문학예술인협의회 이사장 김락호

시인의 말

나는 시를 쓰기 시작하면서 그동안 얼마나 건조한 삶을 살았는지 느끼게 된다.

시적 언어의 매력을 통해 내 어제와 오늘의 만남을 상정하면서 아쉬움에 가슴 조이기도 한다.

시는 인생에 있어 삶의 길잡이가 되고 에너지 충전이 되어준다는 사실에 놀라기도 한다.

내가 가꾸는 시의 언어는 내 어머니와 지나온 삶의 흩어진 조각들과 어우러지는 주변의 이야기를 끄셔내는 걸로 시작되므로 어쩌면 내 삶의 고백일 수 있지 않겠나 하는 생각에 인생에 있어 최소한의 의식을 모으면서 사람의 그 냄새가 배일 수 있는 순수 감성 글로 노력한 것 같다.

평생을 약사라는 외길을 걸어오다 만난 외도의 길 늦깎이 시인으로서 좀 엉성해도 진솔하고 어렵지 않은 순수 글로 독자들의 가슴에 작은 위로가 되고 용기와 희망을 주는 친숙함으로 만나길 소망한다.

끝으로 주저하는 내게 많은 용기와 힘을 준 모든 분들과 대한문인협회 김락호 이사장님의 친절한 노력에 고마움을 나누고 싶다

시인 **고경애**

1부 나비잠

QR 코드 스마트폰으로 QR 코드를 스캔하면 시낭송을 감상할 수 있습니다.

제목 : 삼짇날 일기
시낭송 : 김지원

제목 : 긴 세월 다 지나
시낭송 : 박순애

2부 남새밭 이야기

3부 작은 일상이 되어

4부 초록의 소리

1부 나비잠

훅 불어오는 매미바람
코끝을 간질이다
눈꺼풀에 앉아 세록이 울고

사르르 보듬는 엄마 손길이
바람 줄에 올라 부채 춤추면
하얀 나비 옷 날개 접어요.

삼짇날 일기

고스란히 묻은
여인의 한恨
간장독에 서리더니

뒤꼍 담장에
달그림자
몰래 엿보다
훔치는 눈물

배부른 항아리 어우러
엄니를 그리더라.

두런두런 뒤란 속삭임
사계四季를 부르다
쪼그린 앉은뱅이 맨드라미는
보드랍고 탐스런 입술로 놀며

또 울 엄니 데려오라네.

제목 : 삼짇날 일기
시낭송 : 김지원
스마트폰으로 QR 코드를 스캔하면
시낭송을 감상할 수 있습니다.

나비잠

제철 만난 매미
한 여름의 더위를
데리고 놀러 왔대요

맴매 엠 지칠 줄도 모르고
뜨거운 햇살 하품 소리에
잠시 쉬어갈 뿐이라네요

훅 불어오는 매미바람
코끝을 간질이다
눈꺼풀에 앉아 세록이 울고

사르르 보듬는 엄마 손길이
바람 줄에 올라 부채 춤추면
하얀 나비 옷 날개 접어요.

나비잠 : 갓난아이가 두 팔을 머리 위로 벌리고 자는 잠

홍시

감이 익어가는 시월
찬 서리 내리면
감은 그렇게 익어감서
내 눈에 눈물 고이게 해요

울 엄니 홍시를
그리도 좋아 했거든요
코스모스 손 까불던
허연 밤에도 그냥 달려갔어요.
먹음직스런 홍시만 보면

그런 시월 그날에
향물 다려 씻겨 드렸더니
다 쪼그라진
젖 냄새만 남기고 떠났어요.
홍시랑 나는 어쩌라고

오메 나왔소.

국화꽃 한 아름
내 마음 다 담아가지고
오메
오메 나왔소.

평온히 잠든
어머님 묘소에
큰 절 올리며
서러움 삭이겠소.

태실이 내려준 인연
알알이 상흔 되어
온 마음 저려오고

동네 개
시끄럽게 짖어대고
낯익은 고샅은
먼 얘기 속으로 접었소.

하얀 이별

삶의 끝자락은
소리 없는 눈물로
목소리가 갈라지고
가쁜 숨 몰아쉬며
당부를 한다.

너도나도 똑같이
먹고 싶다고
사랑해 주고 싶다고
함께하고 싶다고 한다.

아쉬워
던져버린 시간에
손을 내밀어 보지만
싸늘히 외면당한 채
입술만 옴지락거린다.

그렇구나.
한순간 뚝 하고
멈춰버리는 임계점
오늘을 잘 사는 길이
잘 가는 길이라고

어머니 메아리로

마루 위 솔바람은
왜 눈물 비로 물었나.
보따리에 눌린 목 펴지도 못하고
삼베 적삼에 흥건히 고인 눈물
훔칠 줄도 모르는 저 아낙
그루잠에 오시었든 엄니는 아닌지
선걸음에 논두렁 밭두렁 사이로
발부리에 걸리는 눈물 앞세워가니
딸내미 왔구나, 반기는 소리
감나무에 걸려 애만 타는지
지들끼리 노닐던 바람 소리만
남새밭고랑으로 따라오래요

등 굽은 가지에게 물어도 보고
오이 고추 다 불러 찾아다니다
바지랑대 타고 놀던 고추잠자리까지
발 벗고 나서 주었지만
마루 위 솔바람만 메아리로 오는 당신
붙들어 울어대고 있습니다.
뭐 그리 바쁘다 드문 걸음 했는지
내 삶이 오롯이 엄니의 삶이 되어버린 날
그래선 안 되는 줄 알았습니다.
내리사랑 조금만이라도 엄니께 드렸다면
이렇게 목이 메지 않을 텐데
엄니는 어데 가고 홀로 남아
구름 발치 도래솔에 눈물 비만 뿌립니다.

*마루 : 산꼭대기
*그루잠 : 깨었다가 다시 든 잠
*선걸음 : 이미 내디뎌 걷고 있는 그대로의 걸음
*딸내미 : 딸을 귀엽게 이르는 말
*남새 : 채소 푸성귀
*내리사랑 : 부모의 자식에 대한 사랑
*구름 발치 : 구름과 맞닿아 뵈는 먼 곳
*도래솔 : 무덤가에 죽 늘어선 소나무

내 어머니

설핏한 해넘이
어서 가라 웃어도
꽁무늬바람 등 떠밀고
새녘에 걸린 달
엄니를 앞세워가네요

아버지 빈자리
물음으로 다듬어서
아들 딸 아홉이나
하나같이 품으시고
가슴으로 울던 어머니
아직 남은 그리움인가요.

어둠을 비켜
빛 길로 가라더니
미리내 다리 건너
달빛 사다리 타고
사랑 빛으로 오시나요.

도담도담 자라서
가온 길로 가라시던
초아처럼 살아가신 내 어머니
이제 그만 하얀 사나래 달고
나린 길로 오라네요.

*설핏한: 해의 밝은 빛이 약한, 듬성듬성한
*해넘이: 저녁에 해의 밑 부분이 지평선에 접하는 순간부터
　　　　 점차 사라지는 것을 말함
*꽁무늬바람: 뒤쪽에서 부는 바람 / *새녘 : 동쪽 동편
*빛길: 빛을 밝혀 세상을 이끄는 길 / *미리내 : 은하수
*도담도담 : (어린아이 등이) 별 탈 없이 잘 자라는 모양
*가온 길 : 정직하고 바른 가운데 길로 살아가라는
*초아 : 초처럼 자신을 태워 세상을 비추는 사람
*사나래 : 천사의 날개 / *나린 : 하늘이 내린

업業이라 하자

친정어머님
못 미더운 딸 시집보냈지요.

시어머님
걱정 마라 당부하시곤
홀연히 떠나 가셨지요

이젠 너 집안의 운명은
네 손에 달렸다는 이 한 마디가
내 업業이 돼 버렸던 그 자리

물먹은 소처럼 지쳐 가고
내 생의 업은
한 점 아쉬움의 흔적으로 남는가요.

49제祭

엊그제 같은데
삭망朔望 차례 다 지나
49제 올리는 날이네
태어나 일곱이레 챙기고
죽어서도 일곱이레라

너울너울 울긋불긋
걸머진 문수사 마당
부처님 곁에 모셔진
어머님 영정影幀

온 종일 공 드리며
이승의 끈 다 내려놓고
극락왕생極樂往生하시라
간절한 마음으로 절하네.

눈물로 나누는
무언의 대화
흐느낌의 노래되어
흰 옷의 상복喪服을 벗는다,

며느리었다오

오늘은
머리가 좀 맑으신가보다
사람을 알아보는 걸 보니

며느리란 물음표를 던지며
죄송함과 연민의 정으로
마음이 저리고 아프다

그저
내 몫의 도리를 다 하는 게
며느리의 자린 줄 알았거늘

뒤바뀐 자리 서보니
참 많이도 부족한 며느리
후회의 아픔만 남는구나.

그저 하는 도리 말고
좀 더 살가운 정 담아 드릴 걸
내 삶이 철들어 가는 날인가보다

십년 넘게 치매로 고생하시다 가신 시아버님
우연히 펼쳐든 일기장에 눈길이 머문다.

오월 그리움

그저 부르기만 해도
위로가 되는 당신을
오월 하늘에 그려 놓고

자식 사랑의 어미 자리
내리 사랑에 어우러 놓고

달빛 푸른 밤에
별빛 그리움 새겨
오월 하늘에
그리움을 가꾸어 갑니다.

뜨거운 눈물로
그렸다 지우고
또 그리기만 하는 당신
그리도록 부르고 있습니다.

당신의 자릴 사랑 합니다

구남매 어머니로
오롯이 정성을 다하며
냉혹한 현실 앞에서
속으로 삭이는 아픔을
참고 또 참았는데

철없는 내 이기심
늦둥이 투정도 다 받아주는
오롯 사랑 하나로
지켜온 당신 자리인데

굶주림에 떠는 이웃사촌
외면하지 못하고
크고 작은 대소사 도맡는
당신의 참사랑

이제사 보입니다.
나눔도 베풂도 다
자식에게 주는 정성인 것을
세 아이 부모가 돼서야
당신을 봅니다.

모르고 외면해 버린
한 세월을
어떻게 돌려 드릴지
엄니 닮은 정성 자리
지키리라 다짐합니다.

나 홀로 되어

사방은 고요한데
솜털 보송한
갓 낳을 적 얼굴이
그리움으로 피어나고

갈잎 스산함에
자박 자박걸음의
돌 박이 재롱이가
솜사탕으로 펴 오고요

내 곁 떠난 자식
불러만 봐도 보고프고
그리움으로 밀려와
내 뜰을 가꾸면

보내는 날의
솜사탕 날리는 정
아슴히
흔적으로 남아있어요

독백

그런 저런
옛적 일 떠올리며
번지는 엷은 미소

그런 일 저런 일
친구 삼아 살아온 세월이
밉지만은 않은 듯
내 부족함 다독여 준 세월아

투정부리다 지쳐 잠들면
그리 살아라.
그리 사는 거다
다진 게 오늘이구려.

당부

섣달 그믐으로 가는 밤
그리움에 엄니를 부르다

구름에 흘러가는
엄니 노래마저 찾는다.

바람 한 자락에
고운 님 자장가 실어

구름 한자락 솜털이불
한 땀 한 땀
울 엄니 당부 새겨
새 각시 이불 지으려 한다.

봄 찾으러 갔다가

봄은
구불구불 구불 길로 온다.
보일 듯이 굽은 모롱이
무얼 숨겨 두었기에
보여 주다 마는지

장난을 치고 해찰을 하다
모롱모롱 아지랑이 눈을 부비고
검정 고무신 가시나
촐싹촐싹 대니
한 소쿠리 가득 쑥이랑 냉이랑
키들 키들 너울 춤 추거니

놀란 눈망울
그러거나 말거나
보물 버물 쑥버무리
또 엄니를 부르고
나 어미로 돌아오는 길
봄 찾으러 갔다가
잃어버린 날의 나를 찾는구나.

언니는 떠나가고

연두 잎 짙푸른 6월
엄마 같은 언니와
영원한 이별을 하고

생에 모든 흔적
한 줌 재로 남겨
외딴 돌방에 놔두고
할 일 다 했듯 돌아서는데

혼자되어 돌아오는
서럽고 서러운 설움에
저려오는 아픔 가눌 길 없고
속엣 말 남긴 채로
보내는 마음 더 저며 오네요.

세월은
잊으라 하지도 않고
울지 말라 달래 주지 않아도
이 설움도 데려 가겠지요
하나님 품에 안기라 합니다

그해 여름은

세 자매 여름 나들이
금방이라도 같이 가자
따라 나설 것 같은 혼의 소리
우리 떠나는 길모퉁이에서
허공을 가르고

발부리에 걸리는 눈물
이 여름이 가기 전에
서러움 다 훔쳐 내라니
세 자매 길을 나선다.

메타세쿼이아 길로 접어드니
눈물은 그만 쉬어가라며
어머니 눈빛으로 반기는
곱게 짠 대바구니에서
그리운 이름 하나 보듬어보란다

계곡물에 발 담그고
잠깐 한 여름의 품에 안겨
친정집 대청마루 얘기꽃에 걸어두니
바람 등에 실려 온 그리움
그대로 내 삶의 눈물이 되더라.

하루 찻집

옥정호수가
한눈에 내려다보이는
모시 발 드리운
하루 찻집에 앉아

녹차 한 잔에
진한 설움 물어도 보고
가는 세월
오는 소망 다 담노니

석양에 비춘 물그림자
파르라니 떨더니만
놀빛도 서러운지
구름 뒤에 숨어 울더라.

회상

사람들은 말하지요
고생은 했어도
그 시절이 그리워진다고

별것도 아닌 나물 반찬에
엄니 손맛이 그리워져
씁쓸한 웃음으로 달래면서
가 버린 날을 아쉬워하네요

우린
어쩔 수 없이
추억 속에 머무는 사람들

플러스 나이가 될 때마다
고질병처럼 괴롭히는
아스라한 꿈을

오늘도 난
내 안의 하루를 돌아보네요.

구름여행

지리 한 장마
맥없이 물러감서
너머로 보이는 하늘 길로
구름여행 떠나보라네

한 땀 한 땀 수를 놓듯
포대기로 감아 도는 새털구름
솜털 보송한 아가를 태워
엄마한테 데려다 주라는데

물안개 피어오르는
쪽빛 호수가 거니는 여인
촉촉이 젖은 눈빛
어디로 보내려는지

나는 그만
엿보다 들킨 시어미마냥
눈을 돌려 버린다

빠끔 살이

열 살 지지배
사금파리 주워 다
국그릇 밥그릇
살강에 얹어 놓고

풀각시와 수수깡 서방님
빠끔 살이 신났어라
모래 밥에 황토 국 끓여
여보 하고 서방님을 부른다.

잠간마안 외치고는
호박고동 물길 따라
졸졸 얘기 정신 팔려
풀각시에 혼나더라.

어쩌다 다시
빠끔 살이 하려는가.
여기도 다독다독
저기도 다독이고

긴 세월 다 지나

누가
내 머리에 하얀 모자 씌워줬지
희끗한 서리 뒤집어쓰고
온몸으로 견디더니
상고대의 저 솔밭 길로 나서려는가.

세월이 훑고 간 자리
아스라한 기억 저편 돌아다보니
무심한 세월
저만치 두고 온 추억 보따리

어떻게 싸매주려고
놓쳐버린 삶의 얘기
담을 겨를도 없이
세월의 꼭두각시 되라 하는가

버거운 한숨 소리
목울대로 치받혀도
깊은숨 한번 몰아쉬고
살아온 자리

그러이
살아온 세월의 그림자는
그리 사는 거다
그렇게 살아가는 것이라 일러 주겠네

제목 : 긴 세월 다 지나
시낭송 : 박순애
스마트폰으로 QR 코드를 스캔하면
시낭송을 감상할 수 있습니다.

김장 이야기

어릴 적엔
못난이 마늘
죄다 까고 나면
끝이었건만

어른 되어
처음 김장 하는 날
수북이 쌓인 배추
겁부터 더럭 났지

밤새는 줄 모르는
김장 준비에
너부러진 마음
주워 담기 바빴어도

절임 배추
켜 켜마다 속정을 쌓아
새나는 정 꼭꼭 싸매어서
고소한 얘기 가득 채워놓고

이웃집 나누는 정
덕담으로 피웠거늘

어쩌자고
엄마가 먹여주던
속잎 김치만 생각나누

키다리 천손초 앞에서

쫑긋 쫑긋 잎사귀에
오돌 오돌 숨 자리
피고 지고 또 피고
오르고 오르기에

하늘을 보려는 줄
키 높이 신었거늘
다소곳 초롱별로
내려 보는 너

하늘을 보지 말고
땅을 보라는지
잎사귀에 씨 주머니
퍼뜨리고 퍼뜨려

하늘 줄을 타고 올라
내 키를 훌쩍 넘어
초롱별 속 숨은 얘기
소곤소곤 또 소곤거리고

올 한해 쑥쑥 커서
훌쩍 키에 좋아할
고 녀석들
함미 정성 아는지 모르는지

2부 남새밭 이야기

남새밭에 구부리고 앉아
이것 좀 가져 갈랑가
저것도 가져 갈랑가
울타리 너머 행복까지
덤으로 업혀 주더만 유

상치 쌈에 불고기
시금치 국에 김치 겉절이
갈치 한 토막 노릇이 구워낸
정 차림표 성님 저녁상에
저무는 시월이 엿보다가
그만 배시시 웃고 갑디다.

심지

눈물은
때로 먼지로 숨었고
티끌이 되어 감아버리기도 하고

눈물은
모래가 되어 앙금으로 남아
풀어버린 한을 짜 느리게 하고

눈물은
감사로 짜낸 윤활유
가슴의 심지 태워 옹이로 남게 되고

눈물은
흘린 눈물은 마르지 않더라.
눈물은 내 안의 심지더라

난이의 노래

니 몸이 말라가는
산고를 겪고
뿌리마저 다 드러낸 채
그리 고운 모습
드러내는구나.

닫힌 속살 부끄러워
얼마나 많은 날 지새웠는지
다소곳 숙인 채로
고운 얼
향으로 스며와 있구나.

먼데 간 님 두고
속삭이더니
부끄럼에
사알 짝 붉히는 볼
꿈으로 피어 오나 보다

그렇게 살라 하네

노란 은행잎은
은행으로 살라 하고
빠알간 단풍잎은
단풍으로 살라 하네

그렇게 살라 하네

은행잎으로 오는 사람
은행으로 맞아 주고
단풍잎으로 오는 사람
단풍으로 맞으라 하네

그렇게 맞으라 하네

갈대 숲길 거닐다가
으 억새를 부르면
스치는 길목마다
살갗을 베이게 하네.

그렇게 살지 말라 하네

거울 속의 그대 (1)

모나지 않는 마음
눈썹에게 부탁할까
중심을 잡아 달라
코끝을 건드려볼까
빛나는 지성도
반짝이고 싶은데

이거 저거 만지작거리다
핑크빛 하트로
사랑을 칠하고
부끄러워 붉힌 볼
쌩긋 한번 웃어주니
작 것들 그제야 웃어 주네요.

거울 속의 그대 (2)

세상사 욕심 부려
되는 일 없다는 걸
거울 속의 그대 얘기
귓등으로 들었더니

숨쉬기 답답하다
살 눈이 들썩이고
앵두 입술 한숨 쉬며
오물인 입 삐죽 삐죽
하얀 순수로
웃고 싶다 떼쓰는데

벽에 동그라미 하나
커다랗게 그려 논 날
덕지덕지 묻은 욕심
똑같은 실수 또 하고 마니

더 예뻐 보이고 싶다
애원하는 눈망울 가로 젓는다
욕심이 부른 성냄을
그대 언제쯤이면 가시려나.

내 마음의 노래

초록 숲을
데려오고 싶은 날엔
마음 문을 열어 두지
그리고 눈을 감으면
스물 스물 초록이 기어올라

초록방울 또로로
꼬리 하나 찍어주고
숨을 한번 들이쉬니
꼬리를 떼라 하네

깊은숨 몰아쉬니
되돌이표 찍어주고
머리 하나 달아서
되돌아가렴.

처음으로 가지 말고
후렴부로 가자더니
돌아본 선상 위에
햇살을 올리라 하네

마음 달인 물에
하얀 백지를 적셔본다
알 수 없는 악보들이
바람에 나붓 춤으로
순백의 햇살 보듬어 올리네.

남새밭 이야기 (1)

가슴 시린 시월 어느 날
성님을 만났습니다.
손을 잡는데도
그냥 잡지 않고 꼭꼭
따신 정을 보냅디다.

나도 따라 해봐요.
성님을 닮으려고
어느새 낯가림도 몰라라
성 하고 따라가네요.

남새밭에 구부리고 앉아
이것 좀 가져 갈랑가
저것도 가져 갈랑가
울타리 너머 행복까지
덤으로 업혀 주더만 유

상치 쌈에 불고기
시금치 국에 김치 겉절이
갈치 한 토막 노릇이 구워낸
정 차림표 성님 저녁상에
저무는 시월이 엿보다가
그만 배시시 웃고 갑디다.

남새밭 이야기 (2)

애호박 채 가셔
보리새우 한 움큼
시원한 육수 물에
한소끔 끓였더니

성님의 미소 동동
한 숟갈에 빙긋 웃고
한 숟갈에 행복 젖고

등 굽은 가지 할배
가자미 눈 치켜뜨고
나도 너처럼
보랏빛 꿈 있었다며
할배 얘기 들어보라는 데

겉늙은 오이
아삭아삭 겉보다 속이라고
말을 걸어오누 만
바쁜 아침 이오
가지 할배
저녁 얘기로 미뤄 주소

맘씨 고운 성님 미소 들고 다녀오리다.

내 마음도 다리고 싶다

메케한 모깃불에
정을 태우고
내 별 하나 찾는 밤
툭툭 옛 얘기 절여올 때

은하수 별빛 까치발로 내려와
별밤의 선물 하나 새겨주었지
마주잡은 손끝에서 정도 태웠지

벌건 불덩이 가슴에 담고
주름진 옷자락 걸쳐 주면
도란도란 얘기 속에
어느새
쭈글쭈글 엉킨 씨줄 풀어 헤치고
날줄의 손에 선을 그었지

내일 밤엔
세상의 먼지 다 털어내고
세상의 죄로 진 얼룩이
지워도 좋으냐고 물어봐야지
쭈그러진 마음 펴 주라
떼도 써봐야지

꽃비

바람의 노래로
허공을 가르는
한 줄의 춤이다.

아직은 고아서
어쩔 줄 모르는
아리한 마음
호수가 물그림자
삼켜버린다.

길섶의 작은 풀꽃
옹알이 재롱으로
친구 하잔다
쓸쓸한 친구의
손 잡아주며

꽃 잔디

바람의 눈물에도
몸을 내주고 마는 넌
늘 맘 변치 않는구나.

홀로 멋보다
어울림의 멋을 아는 너
손가락 걸어
어깨로 껴안지만
바람이 가는 길은
막지 않는구나.

사월의 으뜸자리
다 내어 주고
빈 뜰에 오밀 조밀
기다림의 꽃잎으로

꽃처럼 살아라.
바람처럼 살아라.
그리 다독여 주는구나.

산수유 아래서

구름에도
눈이 있나
마음도 있나
다 들켜버린 마음
어쩌란 건가

둥실 흰 구름
회색 마음 데려다
제 몸에 입더니만
몽울몽울 꽃잎 새겨
사랑의 포로 되라던가

양팔 벌린 산수유
어서 거기 서 봐요
옴죽대는 봉울 미소
노란 꽃순이 되라는데

나를 잊은 채
새 봄의 품으로
웃음을 던지는 너
노란 사랑의 포로가 되는가.

장미 연정

유월
울타리 사이사이로
한 줌 열정에
불꽃이 튄다.

누가
저 빛깔을 밉다 하고
누가
저 가시를 독이라 하리까.

고운 빛깔
도드라진 가시
가슴 설레는
심장 한가운데
열정의 꽃으로 피려니

유월의 태양
맘껏 껴안는
너의 입맞춤
곧은 빛깔로 가슴 피우려나.

정열의 화신

태고의 신비를 숨겨두었나
날마다 다가가 소살 거려보지만
부끄러워 숙인 고개
들지 못하더니

아 아마릴리스
간지러운 입맞춤에
마알 간 속살 다 드러내고
숨겨둔 베일 한 겹 한 겹 벗더니

어느새 정열의 화신 되어
나안 네 포로 돼 가누나

능소화 눈물

눈으로 눈으로만 흐르는
한의 눈물입니다

가던 걸음 멈추게 하고
뉘 집 담장인지 잠시 머뭇대다
가슴에 손을 얹는 아픔입니다.

수줍은 눈망울에 피멍이 들어
스치는 바람소리
임의 발소리인가 놀래어 웁니다.

담장을 딛고
마냥 님만 그리다가
목을 길게 뽑더니

허우적이는
한의 옷을 입고 피어오르는
사랑의 눈물 담은 아픔입니다.

애호박 사랑

이른 봄에 심어둔
잘 여문 호박씨 하나

떡잎 하나 쏘옥 밀더니
오가는 눈인사로
담장을 기어올라

샛노란 수술
달을 머금는 밤

수줍은 벌 한 마리
꽃가루에 뽀뽀만 하고
휘잉 날아가네.

부끄러워 봉긋이 아물더니
봉오리도 떼지 못한 풋정

새벽이슬로 분단장하고
고운 님 기다리는
풋풋한 애호박 하나

아침의 선물

드르륵 창을 열면
새벽 샛바람에 살랑대는 귀요미들
내가 맞는 오늘의 첫 손님이다
까르륵 까르륵 어리광이다
니들도 샛바람의 간지러움 못 참아
나도 그런데 까르륵 까르륵

하나하나 눈맞춤 한다.
잎 꽃이 해준 게 아직도 몸살이야
하얀 솜털입고 떨고 있는데
조금만 견뎌줘 내 손으로 잡아줄게

창밖에 내 논 니들도
너무 키들 대지마
다른 친구들 부럽다 하잖아

그러거나 말거나
샛바람의 선물이라며
하늘하늘 춤사위로
아침을 노래한다.

다 죽어가는 것을 눈 뜨게 한 건
내 작은 정성인줄만 여겼거늘
저마다 다른 모습으로
어우러지는 꿈꾸는 세상
그 속에 나도 서 본다.

멍에

내 이름 세 글자 앞에
뭔가 붙이는 수식어가
멍에가 될 수도
있음을 알았습니다.

그저 마음 가는 대로
하룻길을 그려 놓고
아 이런 날이었네
엷은 미소 피우기도 하고
보정 옷 입혀 달래 주기도 했는데

시인이란 두 글자 앞에
너는 얼마나 지나면
자유로워질 수 있겠니
그렇게 뇌이면서
턱받침을 하고 맙니다.

시인의 옷이란
커다란 디딤돌 하나에
별빛 축복으로
새로운 나를 만나 보려니

곱고 맑은 순수 글
이런 느낌표 하나
가슴에 담아보렵니다

그렇게 시와 마주하고 싶다

삶의 이력을
어느 초상화처럼
화필로 스케치 하듯
그렇게 시와 마주하고 싶다

삶이 주는
순수의 미학으로
아픔의 경건한 손짓으로
다가서 마중하고

한 가닥 신비를 뽑는
언어의 감각을 깨워
시의 옷을 입혀서

삶의 높낮이와
자연의 순리와
그리고
많은 인연의 자리에
시 꽃을 심어주고 싶다

포효

한 여름 밤
무서운 성냄의 소리
새벽을 가른다.
어지러운 세상
답답한 속울음
실컷 토하는가.

후드득 후드득
다가오는 발소리
집 앞을 서성이다
세차게
창살을 두드려도
몰라라 하는데

번쩍
섬광 보내는 사연은
얼마나 다급한가.
부스스 눈 부비고 있는데
무서운 성냄의 소리
하늘의 포효는 그칠 줄 모른다.

장맛비

지리 한 장마는
나를 울적케 할 것이다
어떤 이는
그리움으로 물들게 할 것이고

뽀얀 그리움
추억의 손수건 만들어 놓듯
쏟아내는 눈물
고스란히 받아 내리고

젖은 머리칼 늘어뜨린 채
하염없이 걸어가는
내 수평의 아픔
나 또한 장마를 맞는다.

노란 우산 받혀 줄
빡빡머리 그 머스마
어디로 가고
허연 머리 낯선 할배
저만치서 웃고 있는가.

무정한 세월이
머스마 데려가고
할배를 주었던 자리에
장마가 든다.

도깨비야 친구하자

벌써 며칠 채
이름 모를 한 마리 새
파닥거리는 날갯짓에도
서러운 눈물 무겁기만 하다

금방이라도 일을 낼 듯
성난 도깨비 으름장에
한숨 소리만
하늘 타령으로 깊어간다

도깨비야
내 부탁 하나만 들어 주렴
니 속엣 말 다 들어 주고
내 맘 다 보여줄 좋은 친구 되어

유유자적
여유를 즐기며
까짓 세상에
좋은 일 한번 해보지 않을래.

이 좋은 세상에
아직도 이 구석 저 구석에서
끙끙 앓는 신음 소리 들리지 않니
네 환한 미소 뒤로 단비를 내려 주렴

추억하나 깨물며

쏴한 바람에 어울렁대다
남실 넘실 파랑 춤추고
노란 물 찍어 손짓하면

촐싹대는 가시나들
보리밭 사이 길로
비비고 싹싹 비벼
후후 불어 한입꺼리

달달한 고 맛
먹고 또 먹다 보면
숯 검댕이 분장 칠
마주보며 깔깔대는
그것이 민데 보리라네

보리밭에 숨었다는
문둥이 무서워
혼자서는 지나도 못 간
나는 겁쟁이라오
피식 숨어 웃는다.

사흘의 휴가

마음씨에
옹이가 자꾸 커진다.
아직은 견딜만하지만
더 커지면 어쩌나 더럭 겁이 나
여행이라는 처방을 내린다.

눈물을 웃음으로
가리고 산 적이 있었지
이젠 그러지 말자고
그리움의 정거장에 머물던
퍼즐 조각 찾으러 기차를 탄다,

일상 탈출이라는 피켓을 들고
우선 나를 버리고
내게 붙은 수식어도
모두 떼어버리고.
잊을 수 없는 그 시절로 따라가 본다.

마음 스케치

갓바윗길 따라
싱숭이를 툭 던지니
생숭이가 덥석 뭅디다.
달쏭이가 기웃대다
알쏭이를 낼름 데려가니
기다리다 지친 달콩이
알콩이도 얼른 내 놓으라 성화인데
그래 까짓거
알콩이도 데려가라 합니다.

잔잔한 푸름이
싱숭생숭이도 알쏭달쏭이도
알콩달콩이도 다 삼키더니
눈부신 햇살
바람 길로 내려와
뭐야 어서 내놔 바보야
두엄자리 네 마음

휴 그걸 또 깜박이다니
날쌘 끼룩이 잽싸게 채 간다.
어느새 찾아온 재잘이
마음의 문을 열고
내 자리 찾아 주더라니

3부 작은 일상이 되어

무심히 지내버린 세월을
되 받쳐 묻기도 하고
소리 내지 않으려
그 자리에 없는 듯 서 있다

작은 배려

미움의 언덕에
눈을 흘기는 증오마저
저주의 사슬로 묶지 말자

눈은 감더라도
마음 문은 열어두자

그리고 기다려보자

어느 날인가
문틈으로 내미는
작은 손 위에
내 손을 얹어주자

인연

젖어있는 어둠의 그림자도
미소로 피우는 희망의 꽃도
삶의 뒤안길에 모여서

만남이라는 축복으로
잠겨진 빗장을 풀고
인연의 끈으로 매어

스치듯 지나는 바람이어도
태양의 고리에 걸어
자연의 숨소리로 엮어내면 된다.

사랑은

그저 두 손 꼭
잡아 주면 되는 것이다

그저 나 있잖아
어깨를 내 주면 되는 것이다

그저 나는 당신 믿어
한 마디면 되는 것이다

그런데요
보고플 땐 그저
두 눈을 감고 마네요.

심연의 뜰

마음 밭에
꿈씨 하나 키울랍니다.

오손도손 애기꽃에
깨소금 솔솔 뿌려
고소미라 이름표 달아주렵니다

덧니 살짝 드러난 웃음꽃에
코끝 간질이는 커피 향 피워
이쁘니라 이름표 달아주렵니다

그리고 울타리엔
콩두 하나 심어볼래요
가슴 콩 콩 뛰는 알콩이랑 달콩이랑요

마음 거울

한 올 한 점 얼룩
쏘옥 빼서 개키듯

내 마음도 폭 폭
삶아 빨 수 있다는데

얼마나 좋을까
볼 수도 없는 것이
만질 수도 없는 것이

어느 땐 웃었다가
또 어느 땐
뒤엉킨 속내 헤집으면서도

몰라라 하는 이 마음
보여줄 이 누구 어데 없소

말

어느 땐
여우 꼬리 달고 와서
내 마음 다 빼앗아 가고

어느 땐
미운 가시로 박혀
여기저기 후벼 파고

또 어느 땐
소라 귀 달고 와서
밤새도록 속삭여 주고

한마디로 천 냥 빚도 갚는다지,

어둠을 노리는 승냥이처럼
여기저기 팔랑 귀 릴레이로
한 사람 잡는 건 일도 아니라니

이 사람 저 사람 자갈 물려
무성한 소문 잠재우려무나.

그리움의 흔적

그리움을 지우려
하지 마세요.
지나간 것은
다 그리움이 되더이다.

사랑도 눈물도
내 안에서 서로 보듬어
실타래 풀어내듯
말갛게 펴오르더이다

가끔씩 주고받는
안부가 간절한 날
뜨거운 햇살 한 줌에도
소박한 꿈이 여무는
그리움으로 남겨두더이다

임 그리워

빛바랜 그리움
고운 채로 걸러내어
하얀 백설기 위에
보랏빛 양초를 켜고

뒷거울에 묻은
뿌연 그리움
닦고 또 닦아도

바람 등에 업혀
달아나는 그림자 뒤로
촛농의 눈물만
고개 떨구겠네.

달을 삼킨 어둠은
소리 없는 침묵으로
굴레가 되어 죄어오겠네

사람과 사람사이

만남의 끈에서 눈물이 흐르고
감사가 흐르고
사랑이 흐른다.

천의 얼굴로 오는 사람들 속에
서로 다른 색깔로 만나는 삶이
세상을 더 아름답게 하는 것 같다

나를 구속하는 단편적 생각에서
자유로워질 수만 있다면
서로 다름을 인정하고 존중하는
그 어울림의 세상으로 나설 수 있을 것 같다

사람의 자리

사람이 떠난 자리
사람 맞아 채운다 했나

마음이 떠난 자리
마음잡아 운다 했나

마음 두고 가 주세요.
정 담은 미소 두고 가세요.

두고 온 길 위에
못 보고 스친 눈물
보일지 모르잖아요.

작은 일상이 되어

철없던 시절엔 어찌 지냈지
그렇게 물으며 눈을 감는다,
다 잊어버린 듯
머릿속은 하얗게 세 버리고

무심히 지내버린 세월을
되 받쳐 묻기도 하고
소리 내지 않으려
그 자리에 없는 듯 서 있다

그렇게 살아온
날들의 몫이 비틀 거리는가
이렇듯 저미는 맘 다독이며
내 남은 날을 그리면서
나는 지그시 눈을 감는다.

해변의 여심

여름의 끝에서
유혹하는 태양의 눈
정열의 불꽃 다 태우려
쪽빛 물들인 바다를 가른다.

파도는 춤추라 하고
물결은 일렁이라 하며
비밀스런 춤사위로
휘감는 바닷속 얘기

갈매기 선율에
휩쓸려 맡겨보니
내 품에 안겨 오는
바람 소리 물소리여

해변의 밤

잃어버린 반쪽 찾으러
보름으로 가는 쪽 달
자꾸 따라오는구나.

어느새 나는
비상의 날개 펴고
토끼랑 절구질 하다
잠시 쉬노라니

별 보기 힘들다
궁 시렁 몸짓에
서운함에 눈꼬리 살짝 치뜨다
저기도 저기서도 반짝인다.

달 노래
별 노래 부르다 보니
희끄무리한 반달 머리에 이고
소나무 숲도 잠들어가는구나.

참 오랜만에 즐기는 해변의 밤

한여름 밤의 꿈

가는 여름이
저만치서 머뭇대다
새벽바람 데불고
창가를 기웃대기도 한다.

꼭두새벽
속삭이는 반가운 소리
임의 발소린 양 기다렸다

가만히 손을 펴
내 손에 쥐여 준 별빛 한 움큼
새어나는 풀벌레 소리
새벽의 멋진 막이 오르고

가을이 내미는 손
수줍은 눈인사 보내며
왈츠의 선율에 맞춰보면서
멋진 모습으로 춤추는 이여

고요를 깨뜨리고
사방에서 짝 짝 짝
졸다 눈 비비는 가로등
밤새 깜박이던 신호등도
풀벌레 실내악단까지

풀잎의 이슬방울
또 로 롱 구르는 효과음
날듯이 돌아가는
한여름 밤의 꿈이어라

모노드라마

민낯의 하늘이 너무 파래서
눈을 감으면 오감의 소리가 난다

엇 바람이 하늘 줄을 타고 올라
걸망 하나 메어 등을 떠민다.

툭 던져진 이름 하나 "나는 거지라오"

첨엔 누가 볼거나 뒷골목을 기웃대다
목구멍이 포도청 한술 밥 구걸 한다

어느새 이골 난 거지 배도 두드리며
흘러간 노래 때깔 나게 뽑아도 본다.

돌 틈새 뚫고 나온 풀 포기 하나
보일락 말락 웃어 주고
하늘의 구름도 길동무하자 따라 온다

하늘을 지붕 삼고 발길 닿는 곳곳마다
우주가 다 내 것이라
이보다 더 좋은 팔자 어디 있겠나.
이래서 거지 팔자 상팔자라

끝도 없는 선상 위에 점 하나 찍어
들꽃의 미소에 눈 맞춤 한다.

그깟 나이가

그깟 나이 뭐라고
예서도 조심 제서도 조심

마음 가는 대로 살자 하니
웃긴다고 던지는 조롱박 신세
그래도 마음만은 그리 살려니
세월의 그림자는 같이 가자네

그러자 세월아
골진 씨줄에
새어나는 한숨 묻어두고
늘어진 날줄에 복 지어 담아가자

하지만 세월아
조금만 천천히 가 줄래
쉬엄쉬엄 가던 길 한 번쯤 돌아도 보고
시원한 정자 아래 늙으나 젊으나
또래끼리 낄낄대는 우리네 세상사
기웃대며 엿보지 않으련

어 벌써 저만치 달아나 버렸네.

저기 가는 무정한 임아
뒤 좀 한번 돌아보소
마음대로 던져 주고
혼자 가는 법은 없소

허 허 떼쟁이로구나
억지 같은 떼를 쓰는 너를
무슨 수로 달랠거나
잊고 산 너를 찾아 줄거나
잊어버린 나를 찾아 나선다.

등짐

그렇게 무겁소.
어깨 위로 성근 근심 내리면서
좀 벗으면 어떻소.

쓰러질 것 같소
물 먹은 소처럼
좀 쉬었다 가면 어떻소.

그냥 보이소.
축축한 눈망울
감추려 애쓰지 마소

살다 보면
별스런 날 다 있잖소.
안고 삭이다 보면
요기할 날도 오더이다.

잠 못 드는 밤

한 점 바람조차
비켜 서는가.
풀벌레 울음소리
애수의 소야곡처럼
여름을 밀고

열린 창 너머
밤의 침묵 속에
나는
흰빛 세월의 자리에 앉아
별 떨기에 절어 운다.

별들의 밀어
까만 밤을 지새우고

해거름 마중 간 시어들은
웅축된 채 돌아볼 줄 모르니
빛바랜 일기장 뒤적여
애먼 자판만 두드린다.

망각의 늪

자그마한 오라기들이
하나하나 짜깁기 되어
내 삶이 된 것을 안다

다소 엉성하고
밉보이는 것이어도
소중한 내 삶인 걸
미처 난 왜 몰랐던 걸까

삶의 오라기들이
뭉텅 뭉텅 빠지는
안쓰러움으로 오는 걸
어찌 하리 어찌 하리

허무로 얼룩진 날에

구멍 숭숭 뚫린 낙엽에
구멍 숭숭한 뼈마디로
앙상한 모습 울고 있다

눈이 부시도록
불타는 단풍에
건장한 청년이 웃고 있다

지금 어디쯤서
빛을 받고 있을지를
더운 눈물을 훔치고 있다

무궁화 결혼식

온 마음 다해
달려 온 외길 인생
늦깎이 결혼식 올리게 돼
여러분께 인사 올립니다.

오늘 저 무궁화는
한반도 신랑을 맞아
어렵고 힘들겠지만
헌법을 준수하고
국가의 안위를 지키며
국민의 자유와 복리를 위하여
최선을 다 할 것을 만세를 부르며
국민 여러분 앞에 맹세합니다,

오늘 들러리도 없이
국민 여러분을 하객으로 모신
조금은 조촐한 결혼식이지만
여러분의 많은 격려와
성원의 박수 주신다면
한라에서 백두까지
찬란하게 피는 무궁화가 되겠습니다.

눈을 뜨기가 겁나는 아침이다 오늘은 또 무슨 일이 일어날지
나 너 우리 모두 한 마음으로 한 곳을 보는 지혜를 모아
한라에서 백두까지 찬란하게 피는 무궁화 마음으로 손을 모읍시다

숨 고르며 오르는데

가쁜 숨 고르며 오르지만
산은 말이 없더라.

저 산등성이 너머에
임이라도 있듯이
동화 속 멋진 주인공 되어
꿈을 꾸고 있더라.

찬바람에 우는
나목의 소리
기다림의 연인으로
자박 자박 오더라.

우주의 섭리
오묘함이여
자연의 신비여
산은 베일에 싸인 채로
가는 세월 벗이 되어 있더라.

사랑 하나 남겨두고

찬바람 불어 옷깃 여미는 날
외로움 다 적신 눈물
창살을 타고 폐부를 찌른다

이젠
꼬리를 감추며 떠나려나요
내 한 철까지 얹어서 말예요

하얀 그리움으로
묻혀 올 당신을
기다림의 인연으로 남겨둘래요

가족 여행 전야

잠이 오지 않아요.
너무 설레고
챙길게 많아서

옛날얘기 해 주라며
빤히 쳐다보는 샛별눈
밤을 새워도 좋은 눈이어요.

별빛 마당에 보자기 새겨
주섬주섬 얘기 보따리 싸매야 되고
다 커버린 애들이랑
무슨 장난을 칠까
요 궁리 저 궁리해요

마음은 바쁘고
잊지나 않을지
앞서가는 걱정
달도 없는 어둠 속에
서편으로 데리고 가네요

초대

내 하루 길을
온통 초록으로
물들이고 싶은 날

내 마음에
비가 내리면
둔덕을 손질하고

도랑물길 따라
울 밖으로 나서볼래요

들풀의 웃음소리
구름이 화답하는
하늘 문이 열리는 그 곳

기다림의 세월
하얀 순수
그 하루 같은 마음으로
살고 싶었노라고

내 하루 길에
당신을 초대 합니다

4부 초록의 소리

오월의 하늘은
그리라 하고
햇살은 담으라 하고
바람에 손을 씻고
구름길로 가보라니

꽃잎에 새긴 사연
잎사귀 뒤에 숨어서
초록은 그렇게 영글어가고
가을의 소릴 준비한다.

희망

열두 달에 마음 걸어
이랑이랑 묻어둔 꿈
시름시름 앓는 소리
가우뚱 뗀다.

봄은 오는데
아직도 겨울을
붙잡고 있구나.

팔을 걷어붙이고
양지쪽 흙 한 줌
소중하게 객토하고
이마에 땀방울
정성으로 뿌려주니

그제사
소르륵 움트는 소리
새봄을 반긴다.

봄 아씨

우수래요
내 마음에도
졸졸 물길
내어 보래요

겨우내 묻은 때
다 씻어 내리고
여린 꿈 씨 하나
키우라네요.

강둑에 핀
서걱 이는 갈대
아직도
봄이 오는 줄 모르나봐

흔들리며 우네요.
봄이라 달래 주러
가지 않을래요.

오월은

싱그런 오월
연둣빛 새순 짙게 하려
조올 졸 개울 물소리
자르르한 나뭇잎
통통 살 오르네

꿈의 오월
푸른 꿈 날개 맘껏 펼쳐라
종달새 높이서 지절대고
고샅을 누비는 아이는
희망을 마중 나서네.

정 담는 오월
소중한 정 다 담으려
카네이션 송이송이
엄니 품에 채 드리니
흐뭇한 미소 절로 오네.

동심의 세계

아이들이 행복한 세상
어른들의 몫이지요.

아이들의 눈 속에
초록을 심어주어요

오월의 꿈에
날개를 달아주어요

해맑은 미소
꿈으로 피워주어요

평화가 머무는 자리
감사로 키워주지요

그네

박차고 올라라
꿈의 궁전으로

하늘 끝
꿈을 부르며
희망을 타고 올랐어라

하늘 가까이
눈을 감는다.

오르마 오르마
겁나게 먼 길 돌았어라

살짝 앉히고 싶은
내 옆자리
서럽도록 부르고픈
내 꿈이여

천상으로 간 소녀여

고운 꿈
어이하고 떠나는가.

단짝 친구 같이 라서
좀은 덜 외로운지

자식을
가슴에 묻은 비통함

하늘을 찔러
하늘도 울고 물새도 울더라.

천상의 별이 되어
꿈을 퍼 담으며 반짝 이거라

사계四季

산골짜기마다
발그레 수줍은 듯
피어나는 분홍 아씨
보일 듯 말 듯
분홍 옷고름 풀어 감는다.

산마루마다
연두색 고운 깃 달아
진초록 비단 이불 깔아 놓고
버겁고 지친 삶의 무게
내려 놓으라한다

산자락 감아 돌아서
갈잎 물 드린 자수
밑단에 살짝 드리우고
빛 고운 주홍으로
한 땀 한 땀 새김질 한다

회색빛 등성이마다
회한으로 얼룩진 허무의 옷
벗어 던지라
열두 폭 하얀 雪의 병풍 두르고
다가올 새날을 기다리며
파르르한 떨림으로 묵상하란다.

초록의 소리

생각의 속도로
달리는 세상 속에
머물러버린 내 자리지만

스치듯 지나는
바람 한 점도
놓칠 수 없는 날

외딴 산길 다소 곳
여린 고사리 하나
보물처럼 찾고 싶다

사계의 질서 속에
욕심 부리지 않는
나를 만나고 싶은 데

욕심 키 커져 한 마음 순수
날아가면 어떨까 걱정이다

오월의 하늘은
그리라 하고
햇살은 담으라 하고
바람에 손을 씻고
구름길로 가보라니

꽃잎에 새긴 사연
잎사귀 뒤에 숨어서
초록은 그렇게 영글어가고
가을의 소릴 준비한다.

여름 한 가운데서

도심 속 세모화단에
노란 꽃물결 일고
태풍은 먹구름 뒤에
비를 숨겨두었나

밤새 쳐 논 거미줄에
갇힌 벌레 한 마리
파르르한 떨림으로
애꿎은 꽃망울만 실랑이네

저 여린 줄에 갇힌
버둥거리는 미물이여

나 또한
억겁의 우주 안에
저렇듯 버둥거리며
삶의 사슬에 메었으려니

한낱 미물이어라
다소 곳
낮은 맘으로
살아갈지어다.

한

하얀 버선발
코끝을 살짝
치켜 올려
멋 부린 춤사위

허공을 가르는
무아의 손짓으로
등줄기 흐르는 눈물
속적삼에 드러낸다.

그리움의 연서

너머로 보이는 하늘
하 고아서 넋을 잃고는

꼴망태 짊어진 초립동이
소 몰고 가는구나

벌러덩
팔베개하고 드러누워

흐르는 구름 따라
띄우는 그리움의 연서

윗동네 순아의
초롱한 눈망울 그리는
사모곡이어라

파랑새여라

헛기침을 하며
먼데 하늘을 본다.

와
저리 고운 구름끼리
서로를 그리는
사랑 놀음 하려는가.

풀빛 그리운 숨결
속 간지러움 못 참아
구름 방석 위 살포시 앉아
흘러가는 구름아

훌훌 마음 한 켠
어둠의 그림자 지워버리고
파 아란 구름
친구하는 파랑새여

솟대

행운의 씨앗 하나
물고 왔어요.

하늘의 소망 담고
땅의 부추김 받은 행운 새

사랑 가득 행운을 노래해요

사랑 나무

남녘에서 불어오는
알싸한 바람
가슴에 별이 되어
내려앉는다.

가만히 쓸어 담아
고요 속에 비워 둔 마음 자락
살 그랑 살 그랑 호미질 한다.

별 얘기 새겨 두고
달 보고 지키라며
이름표 하나 걸어두고
나는 꿈길로 들어선다,

풀꽃의 초대장

여기저기서
흥타령이 들리는 계절
흰 까치 한 마리 물고 온 소식
아침을 깨우느라 분주하다

햇살 한 줌
흐린 하늘에 고개 내밀고
자연이 뿜어내는 날숨소리
풀꽃같이 살라 거들고 나선다.

너처럼 사는 게 뭐가 좋은지
풀꽃의 초대 반갑기만 하다

낮은 몸짓으로
눈인사 건네는 세상 속에
나를 맡겨두고 귀를 열어보자
그리고
작은 소리 하나까지 들어보자

하늘 바다

저 산 마루에
하늘 바다 걸려있고
창 아래 포근히
푸른 산이 펼쳐져
석양의 놀빛은
바람도 업겠는데

저무는 밤
끼룩 끼룩 기러기
떼 지어 날고
멀 치 감치서
호올로 떨어져 끼룩거리네.

어미 품이 그리웠던가.
파닥거리는 새 한 마리
소록이 쌓이는
놀빛을 주워 담아
감싸 안는다

가을 산책

비 그친 하늘처럼
나는 얼마나 고울까

가을은 색 짙은 얘기 그림
그려 놓을 것만 같고

하늘 한번 올려다보는 나는
얼마나 여유로움을 맛볼까

바람의 얘기
구름의 미소 친구하며

풀빛 향 머금은 옥로
눈물도 닦아주고

코스모스 꽃잎에 앉아
나는 그 사람 이름도 새겨둬야지

가을 여인

세월의 마디마디
누가 금을 그었는가.

발 앞까지 성큼
다가온 가을 여인은
사알 짝 여미는 다홍자락에
갈바람 너울대는 춤사위로 오는가.

시인은
한 줄의 시로 스치게 하고
한 옥타브 높여 부르는 달 밝은 밤
성글게 낭만의 꿈 새기게 하고

옷 속으로 살랑 이는 갈바람은
여인의 간지럼인 양 부끄럼 태워
밤의 스산함 속에 묻히거니
누가 여기서
애기꽃을 피우자 하는가

하얀 밤의 적막 속에
여치랑 귀뚜리랑
실내악 피어 풀 섶에 깔거니
누가 여기서
애기꽃을 피우다 잠들자 하는가

빛 고운 가을

비취빛 바다 펼쳐진 하늘
구름에 태워
꿈의 날개옷 입혀
높푸른 하늘가 꿈의 집 만들자

수줍은 소녀처럼 하늘거리는
가녀린 코스모스의 순수를
부지런한 꿀벌 바삐 넘나들며
생명의 씨앗 영글게 하자

풍요와 감사로 넘실대고
일군자의 뿌듯함 열매 맺어
땀 흘린 보람 거둬들이며
우주의 신비에 감사드리고

붉게 타는 노을 보듬어
겸허한 마음의 옷 갈아입고
진실의 열매 맺어보자

설렘

오늘 가고 내일이면
그렇게
첫눈이 온다구요

손톱에 초승이
그리움으로 싸매놓고
기다리고요

눈 속에 오실 내 님
기별도 없이
이렇게 오심 어쩐답니까.

눈가에 주름
아직 감추지도 못했는데

첫눈

어두운 밤
살짝 내린
올해 첫눈은

부끄럼 많은
소복을 한 여인 같다

밤새워 흘린
하얀 눈물

홀로 지새며
떨다가
하얀 눈으로 온 여인 같다

은빛 세상

태고의 신비를 품었는가.
숨죽여 훔쳐보다 다녀갔노라
눈 사진이나 찍어 볼거나
공룡 발자국으로 뚜벅이 되어
그대로 화석이나 되어 볼거나

창문이 환해서
날 샌 줄로 알았지
하얀 밤에 찾아온 달빛 그림자
까치발로 내려와
은빛 장막에 무대를 준비하거니

어느새 나는
톡톡히는 모노드라마 주인공 되어
태고의 신비를 훑으러 간다.

긴 겨울밤은

뜨신 아랫목
그리워지는 밤

도란도란 나무에 걸어둔
애기꽃 주머니 궁 시렁 거리면

솔가지 불 지펴
화롯불에 담아 놓고

노릿한 군밤
니 한입 나 한입 오물거리면

긴 겨울밤은
소리도 없이 익어갑디다

자연이 준 선물

햇살 데리고
강둑으로 나서보자

방아깨비 엉덩이
하늘 보고 폴짝거리며

수줍은 달개비는
여기서도 웃고 있네.

긴 기다림
피 꽃을 피우기 위해

갈대는 그렇게 서성이면
햇살은
지가 입혀줬다 자랑을 한다.

바람아 불어라

바람 일고
비 오는 날이면
떨어진 감꽃 주워
굵은 실에 꿰어 만든
예쁜 목걸이 걸고 놀던 시절

한껏 뽐내던
어릴 적 이야기
손녀에게 들려주는
동화 속 애기로 남는
그리움 드리운 추억의
바람아 불어라

바람아 불어라
불어대면서 노래하라
우리 집 담장에서
뒷집 대추나무까지
지들끼리 노닐게 하라

그 시절 떠올라
애틋한 그리움 담은
아쉬운 미소만 머금는 자리
바람아
여기서 불어라

내 마음도
다리고 싶다

고경애 시집

초판 1쇄 : 2016년 12월 20일

지 은 이 : 고경애

펴 낸 이 : 김락호

디자인 편집 : 이은희

기 획 : 시사랑음악사랑

인 쇄 : 청룡

연 락 처 : 1899-1341

홈페이지 주소 : www.poemmusic.net

E-Mail : poemarts@hanmail.net

정가 : 10,000원

ISBN : 979-11-86373-59-0